KB269206

어쩌면 마지막 학급문집

2025년에
우리는
6학년이었습니다.

씩씩하고 넉넉한 꾸러기들의

어쩌면 마지막 학급 문집

2025년의 아이들도 매일 자신만의 생각을 문장으로 남겼다. 짧고 서툴렀지만, 누구의 것도 아닌 아이들만의 온도와 숨결이었기에 읽으면서 혼자 킥킥대기도 하고, 때로는 눈물짓기도 했다는 것을 아이들은 아마 모를 것이다.

AI가 글쓰기를 대신해 주고 스스로의 생각을 문장으로 써 내려가는 경험이 점점 희미해지는 요즘, 지극히 주관적이면서도 어쩌면 시대를 관통하고 있을 우리 반 6학년 아이들의 글을 '학급 문집'이라는 아날로그적 이름으로 모아 보고 싶었다. 어쩌면 마지막이 될지도 모른다는 서글픔을 안고.

우리가 사는 건
그저 나를 견디는 일일지 모른다.
매일 나의 누추함을 마주하면서 말이다.

좀 더 용기를 낼 수 있다면
나의 누추함을 기꺼이 세상에 꺼내
상대의 누추함도 위로하는 일일 것이다.

오늘의 우리 글이
미래의 우리에게
위로가 되길

차례

여는 글 6

봄

<table>
<tr><td>그</td><td>애</td><td>도</td><td>날</td><td>좋</td><td>게</td><td>봐</td><td>주</td><td>면</td><td>좋</td><td>겠</td><td>다</td></tr>
</table>

여름

내 꿈은 멋쟁이 엄마

가을

너를 위해 바뀌어져 볼게

겨울

우	리	들	은		6	학	년

씩씩하고 넉넉한 꾸러기

봄

그 애도 날 좋게 봐 주면 좋겠다

6학년 교실에 들어서니

긴장되고 설레기도 하였다. 선생님은 어떤 분이실까? 궁금했다. 책상에 이름표와 책이 준비되어 있어서 놀라웠다. 너무 조용해서 혼난 줄 알았다. 반이 왜 바뀌었는지 궁금했다. 생각보다 먼저 온 친구들이 많아서 지각한 줄 알았다. 앞으로 어떤 일들이 생길지 기대가 된다. 오랜만의 학교라서 피곤했다. **(이은채)**

개학을 했을 때 반에 이름표가 있었는데 이름표에 규칙이 적혀 있었다. 처음에는 엄격하다고 생각했다. 하루가 지나니까 반 배정이 잘 되었구나라는 생각이 든다. 나의 자세를 바로 잡아 주셨다. 원래 독서를 오래 하는 편이지만 선생님께서 더 키워 주실 것 같다는 기대가 된다. **(강유은)**

내 짝

　처음에 교실에 들어올 때 내 짝이 기태여서 놀랐다. 작년까지는 아무 데나 앉았는데 이번에는 선생님께서 정해 주신 자리에 앉으니 색달랐다.

　오늘 영어시간에 단원제목 외우기를 했었는데 내가 잘 못해서 첫 번째 기회에서는 실패했다. 원래 내가 여섯 문장, 기태가 다섯 문장이었는데 기태가 두 문장을 대신 해 준다고 해서 고마웠다. 기태 덕분에 두 번째 도전에서는 성공할 수 있었다. **(김가희)**

　내 짝은 채원이다. 처음에는 잘 모르는 사이였는데 육 학년이 되어서 짝이 되어 보니 참 괜찮은 친구 같다.

　영어단어도 잘 외우고 다른 친구들에게도 착하고 글씨체도 예쁘다.

　채원이도 날 좋게 봐 주면 좋겠다. 내 짝 채원이는 참 괜찮은 친구 같다. **(강문성)**

원래 머리카락이 긴 줄 알았는데 이제 보니까 머리카락이 단발이다. 그리고 3번인 줄 알았는데 2번이었다. 그리고 내 짝은 완벽주의자다. 다 했는데 못한 게 있는지 계속 체크하고 글씨가 조금이라도 이상하면 바로 지워서 다시 자기 마음에 들도록 예쁘게 쓴다. 그리고 책을 좋아한다는 것도 알았다. 글 읽기나 글 쓰기 문제 내기 그런 것도 좋아하는 것 같다. 모둠 애들이 숙제는 했는지 서랍정리는 했는지 꼼꼼하게 체크해서 짝으로서 편하다. **(김기태)**

벚꽃

벚나무가 흔들린다

벚꽃은 우수수 우수수

모래알처럼 떨어진다

모여 있는 벚꽃아

친구랑 꼭 붙어 있어라

흩날리지 않게 있어라

친구랑 같이 있어야

힘을 내니

언제나 붙어 있어라 **(장현우)**

봄의 알람

봄의 시작을 알리는 알람시계

모든 것을 새롭게 시작한다

새로운 출발을 응원하며 배웅한다

봄의 시작을 알리는 알람시계,

벚꽃

꽃잎 흩날리며 응원한다 **(강유은)**

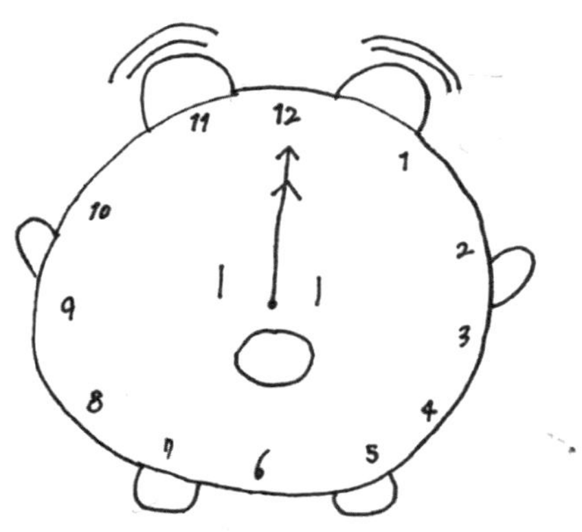

나와 피구공의 공통점과 차이점

나와 피구공의 공통점은 내가 던지는 피구공처럼 목표로 제대로 가지 않고 다른 곳으로 가는 것처럼 나도 계속 원래 목표로 피해서 간다. 차이점은 피구공은 어떤 때에는 아주 빠르게 간다. 하지만 나는 열심히 뛰어야 조금 빠르게 간다. 그러므로 나는 피구공처럼 빨라지기 위해 계속 열심히 뛸 것이다. **(신은하)**

나와 피구공의 공통점은 무엇이 있을까? 첫째, 언제나 운동할 준비가 되어 있다는 것이다. 피구공은 당연하고 나도 운동을 좋아해서이다. 둘째, 친구들이 좋아한다는 것이다. 친구들이 피구공이든 나든 좋아하긴 하지만 나를 좀 더 좋아하겠지? 셋째, 동글동글하다. 피구공은 모양이, 나는 성격이 동글동글하다. **(최재희)**

나와 피구공의 공통점은 약하다는 것이다. 왜냐하면 나는 양팔, 양 다리 모두 다 깁스를 해 봤기 때문이다. 그리고 다리를 자주 삐끗하기 때문이다.

그리고 폭신하다는 점은 내 뱃살과 닮았다. 꾹 누르면 말랑한 것과 다시 돌아오는 것. 피구공은 안에 폼이 있어서 공기가 잘 안 빠지는데 내 뱃살도 잘 안 빠진다. 그러므로 나와 피구공의 공통점은 말랑하다는 것과 약하다는 것이다. **(김가희)**

나와 피구공의 공통점은 맞아도 튕겨 나가고, 세게 던져져도 금방 다시 굴러간다. 상처받아도 오래 안 간다는 점, 그래서 다시 웃을 수 있다는 점, 던져도 튕기고 구르고 또 맞아도 끝까지 버틴다. 상처도 금방 잊고 다시 굴러가는 것이 꼭 나 같고, 누가 세게 던져도 피구공은 웃고 있다. **(김채원)**

내가 좋아하는 악당과 이유

　내가 좋아하는 악당은 첫 번째 오징어 게임 타노스이다. 타노스는 손톱에 여러 가지 색을 물들여서 예쁘고, 또 악당인데도 사람들을 살린 적도 있기 때문이다. 두 번째는 마블에 나오는 타노스이다. 피부 색깔이 보라색인 게 멋지기도 하고 타노스가 너무 세서 아무도 못 이기는 악당이라고 생각했기 때문이다. 마지막은 포켓몬 로켓단이다. 로켓단은 지우에게 매번 져서 오기 싫었을 텐데도 계속 찾아오는 로켓단이 아주 멋지고 끈기 있어 보였기 때문이다. **(강문성)**

　내가 좋아하는 악당은 오빠다. 악당이 아니라 나에게 착하고 소중한 악당이다. 이유는 나를 잘 챙겨 주고 다른 친구들 오빠보다 착하고 친절하기 때문이다. 오빠는 인형 뽑기를 잘해서 시내 갈 때마다 오락실을 가서 매일 뽑아서 나를 주기 때문이다. 친구 한 명이 우리 오빠를 부러워하는 친구가 있어서이다. 그래서 나는 오빠가 좋다. 나에게는 오빠가 착하고 소중한 악당이라고 생각한다. 나는 커서 오빠에게 많은 선물을 줄 것이다. **(김지영)**

　내가 좋아하는 악당은 세균킹, 캔디팡, 감자팡이다. 코코몽에 나오는 악당 3인방인데 귀여워서 좋아하는 것 같다. 세균킹은 셋 중에서 리더인데 리더답지 않게 키가 가장 작고 목소리가 귀여워서 내가 가장 좋아한다. 냉장고 나라를 세균 왕국으로 만들려고 하는데 항상 코코몽에게 진다. 캔디팡과 감자팡은 엉뚱하고 순해서 좋다. 나는 잔인하게 싸우는 것보다 엉뚱하게 지는 게 더 좋아서 유아 애니메이션을 더 가까이하는 것 같다. 주제하고는 조금 관련 없지만, 코코몽에 두콩, 세콩, 네콩이라는 캐릭터가 나오는데 한콩이는 왜 없는지 궁금하다. **(이은채)**

다람쥐일 것 같다. 선생님께서 먹이를 꾸(우리 반 화폐)로 받아서 팔 것이라고 하셨는데 그러면 먹이를 먹을 수 있으니 못 먹는 친구들은 제외다. 교실 자리가 한정돼 있고 자리가 좁으니 큰 동물도 제외. 작은 동물들 중에 생각 나는 것은 거북이, 다람쥐, 햄스터, 토끼 등인데 거북이는 물을 갈아 줘야 돼서 번거로우니 제외. 토끼는 배설물 냄새가 날 것 같아서 제외. 햄스터는 쳇바퀴 소리가 수업 중에 방해가 될 수 있고 잔디 같은 게 필요해서 교체하다가 바닥에 떨어질 수 있다. 또 햄스터가 아이들을 물어 다칠 수도 있고 고막이 약한 걸로 알아 소리를 크게 내면 햄스터가 피해를 입을 것 같아 제외. 그러면 다람쥐밖에 없어서 다람쥐일 것 같다. **(김기태)**

---

1   씩씩하고 넉넉한 꾸러기의 줄임말.

새로운 씩꾸가 누굴까? 지금까지 나온 힌트가 사람이 아니고 먹이를 줄 수 있는데 인기가 많을 것 같다고 하셨으니 귀여운 동물일 것 같다. 그래서 내가 생각한 건 병아리다. 하지만 병아리가 부화하는 것은 어려우니 알이 아닌 병아리를 데려올 것 같다. 새로운 만남은 언제나 설렌다. (최재희)

내가 교실에 온 춘식이가 되어 일기 쓰기

인간들은 주말 빼고 평일에만 계속 온다. 못 부는 리코더 소리를 계속 내고 뛰어다니고 소리를 지른다. 너무 시끄럽다. 그나마 주말은 조용하다. 인간들이 학교에 오지 않았으면 좋겠다. 그러면 조용히 잠을 잘 수 있을 텐데 아쉽다. 그래도 밥을 주는 사람이 있어야 하니 어쩔 수 없다. **(김지영)**

오늘 내가 자고 일어나니 지렁이가 돼 있다. 안의 흙이 너무 찝찝해서 일단 밖으로 나갔다. 밖은 너무 위험해 보였다. 사람들이 지나다니고 차들도 많이 다닌다. 어떤 유모차가 돌아다니고 있어 밟힐 뻔했다. 구석으로 간신히 피했는데 왠 아이들이 다가왔다. 쓱 다가오더니 사진을 찍었다. 살았다 싶었는데 일어나면서 날 밟고 갔다. **(최수민)**

선생님께

선생님은 대단하신 것 같습니다. 매일 학생들을 위해 열정적으로 지도해 주십니다. 학생 한 명 한 명에게 관심을 가져 주시고 숨겨진 학생들의 매력들을 발휘하도록 도와주십니다. 선생님도 매일매일이 힘드시겠지만, 그런 선생님을 생각하니 저도 더 열정적으로 공부하게 됩니다. 선생님, 힘내세요! 사랑합니다! **(손민영)**

선생님, 저는 선생님 반이 된 이후로 인생이 바뀌어졌어요. 일찍 자고 일찍 일어나며 친구 관계도 좋아졌어요. 선생님 덕분인 것 같아요. 선생님께서 해 주시는 조언들이 삶에 도움이 되는 것 같아요. 하루하루가 너무 행복해요.

이건 하면 안 되고 이건 이렇게 해야 하는구나도 구분이 되고요. 알림장 뽑기와 씩꾸마켓 등 학교에 있으면서 처음 경험해 본 것들도 있었어요. 특히 선생님께서 해 주시는 격려를 들으면 수학이 어려울 때도 힘이 나요. **(강유은)**

주말 동안 "행복하다" 내뱉는 순간

내가 "행복하다"라고 내뱉는 순간은 일요일 밤에 방에서 과자를 먹을 때였다. 샤워를 하고 저녁밥을 먹은 후 후식으로 초코 과자와 요거트를 먹는다는 것은 나에게 행복 그 이상이었다. 주말의 끝, 집에서 편히 쉴 수 있어서 완벽한 하루였다. 이번 주도 주말을 기다리면서 힘차게 지내야겠다. **(이은채)**

내가 주말 동안 행복하다고 내뱉는 순간은 가족들과 함께 벚꽃을 보았을 때다. 선생님께서 벚꽃을 만지고 날려 보라고 하셔서 보러 갔는데, 재작년에 갔던 곳을 가서 내가 많이 큰 걸 알 수 있었고 가족들이랑 추억을 만드는 것도 있어서 행복하다고 내뱉었다. 원래 같으면 속으로만 생각했을 텐데 말로 해서 속이 시원했다. **(손민영)**

제가 주말 동안 "행복하다"라고 말한 순간은 바로 패드로 그림을 그릴 때였습니다. 왜냐하면 저는 그림을 그릴 때 조용해서 좋습니다. 그리고 원하는 대로 선이 잘 안 그려지면 화가 나긴 하지만 완성된 작품을 보면 뿌듯해집니다. 특히 그림을 따라 그릴 때가 제일 재미있습니다. 비슷하게 그려진 그림을 보면 신기하고 뿌듯하기 때문입니다. **(신은하)**

탬버린과 트라이앵글

탬버린과 트라이앵글과 같은 짝꿍은 할머니와 할아버지다. 왜냐하면 가끔씩 말다툼을 해도 언제 그랬냐처럼 화목하기 때문이다. 악기로 치면 리코더, 단소 같다. 차이점이 많아서 의견 차이처럼 악기를 불 때 말다툼하는 것 같다. 그리고 말다툼할 때면 소리가 커서 나는 무서워한다. **(진민창)**

탬버린과 트라이앵글은 마치 후라이드 치킨과 양념치킨 같다. 후라이드 치킨과 양념치킨을 같이 입에 넣으면 탬버린과 트라이앵글처럼 입에서 연주를 한다. 탬버린을 치고 질려서 트라이앵글을 치는 것처럼 후라이드 치킨을 먹고 물리면 양념치킨을 먹으면 된다. **(김가희)**

트라이앵글과 탬버린처럼 밥과 햄도 친구다. 왜냐하면 트라이앵글과 탬버린이 어울리는 것이니까 밥이랑 햄도 똑같은 것이다. 어떤 때에는 햄이 너무 짜지만, 밥이랑 같이 먹으면 짜지 않아서 비율이 말로 못 할 만큼 좋다. 밥과 햄은 단짝 친구보다 더 많이 친한 오래된 친구일 거 같고 밥도둑이다. **(손민영)**

내가 생각하는 탬버린과 트라이앵글은 나와 그림자다. 나와 그림자는 절대 떼어 놓을 수 없다. 그림자가 나고 내가 그림자다. 그림자라는 이름을 가진 이 검은 친구는 내 최고의 친구이다. 이 친구는 내가 등교할 때도, 하교할 때에도 나에게 꼭 붙어 다니는 최고의 친구다. **(최재희)**

부모님 발 관찰하기

할머니의 발을 관찰했는데 발이 조그맣고 예쁘셨다. 할머니의 발바닥이 오목하였다. 아빠는 중지 발가락이 가장 길었다. 그리고 아빠 발바닥은 굳은살이 많았다. 할아버지의 발가락은 나이를 조금 드셨는지 발톱도 같이 나이를 먹어서 잘 안 자란다. 그래도 할아버지 발바닥은 깨끗했다. **(진민창)**

어머니의 발은 딱딱한 돌처럼 굳은살이 있고 핫팩처럼 따뜻한 온기가 느껴지고 빵처럼 말랑하고 사과처럼 빨갛고 또 조금 노랗다. 또 발가락은 손가락처럼 길고 딱딱하다. 발등은 엄청 작고 발등의 얇은 피부 아래로 혈관과 뼈가 보인다. 부모님의 발을 관찰하는 것은 처음이라 신기한 경험이었다. **(김예송)**

주제가 조금 신박하다. 이런 주제는 처음 봤다. 그래도 관찰을 해야겠지? 발이 말랑말랑하고 굳은살이 조금 있다. 엄마 발이 작은 건지 내가 큰 건지 엄마 신발이 내게 맞다. 아빠는 발이 큰 것 같다. 그리고 적을 게 없어서 동생 발도 봤는데 진짜 작고 못생겼다! 다음에는 언니 발도 몰래 봐야겠다. **(최수민)**

부모님 발을 씻고 난 후 느낀 점은 나의 손의 주름처럼 쭈글쭈글하다는 점이다. 물론 나이가 주름을 생기게 하는 건 아니다. 나이는 우리가 만든 상상의 수명이라고 생각한다. 주름은 어린아이도 생길 수 있는데, 다만 오랫동안 살아 있는 사람이 주름이 생길 확률이 높아진다는 것이다. 마치 게임 세상처럼 말이다. **(박지후)**

부엌에 기린 한 마리가 묶여 있다. 무슨 일이 일어난 걸까?

우리 집 부엌에 기린이 있다. 내가 묶어 놨다. 기린과 1대 1 면담을 해야 하기 때문이다. 내가 기린한테 집에 있는 야채를 먹었냐고 물어봤다. 기린은 끄덕였다. 내가 잘했다고 쓰담쓰담해 줬다. 기린이 일어나니까 고개를 피질 못한다. 밖으로 내보내 줘야겠다. 기태와 기태가 데리고 다니는 기린을 만났다. 셋이서 축구를 했다. 기태가 좋아서 곧 날아갈 것만 같았다. **(김예송)**

맞다, 우리 집 부엌에 기린이 있다. 우리 엄마다. 나도 기린이다. 그래서 부엌에 기린(엄마)이 있는 것은 당연한 일이다. 오늘도 엄마가 부엌에서 요리를 하고 있다. 오늘 저녁은 엄마가 귀찮은지 샐러드다. 그래도 풀은 언제 먹어도 맛있다. 모든 사람이 기린인 이곳에서는 기린이 부엌에 있는 일은 당연하다. **(이은채)**

부엌에 기린 한 마리가 묶여 있다. 아마 그건 어머니께서 생일 선물로 사 오신 것 같다. 나는 분명 기린 그림이 들어간 명품 축구공을 원했는데 까먹으셨나 보다. 그보다 어머니는 이 큰 기린을 어떻게 부엌에 데리고 오신 거지? 의문이 든다. 그리고 나는 기린의 목에 있는 줄을 보고 알았다. 그 기린은 선물이 아니라, 우리 집에 온 새 식구라는 것을. **(강문성)**

그 기린은 사실 나의 주방 도우미다. 내가 요리를 할 때 필요한 것을 긴 목으로 꺼내 주기 때문이다. 내가 하면 되지만 키가 작아 꺼내지 못해 기린을 이용하는 것이다. 그리고 꺼내 줄 때마다 신선한 채소와 과일로 놓치지 않게 막는다. 최근에는 자꾸 도망가려 하길래 주방에 묶어 놓았다. 기린아 미안하다. **(손민영)**

하늘에서 (   )이 내려 온다

오늘 아침, 하늘에서 외계인이 내려왔다. 주황색 피부에 커다란 눈, 생각보다 귀여웠다. 그 외계인이 내려온 후, 형형색색의 외계인이 내려오기 시작했다. 외계인은 알 수 없는 말을 주고받고선 마치 자기 주인이라는 듯이 한 사람당 한 명씩 옆에 붙고 있었다. 나도 외계인 친구가 생겼다. 외계인이라 한국말이 어설프지만 아직 나를 해친 적은 없었다. 이 시간에도 하늘에서 계속 외계인이 내려온다. 이 외계인은 무엇을 할 목적으로 내려왔을지 우리를 해치는 건 아닌지 궁금한 것이 너무 많다. **(이은채)**

하늘에서 돈이 내린다. 집 앞 놀이터만 가도 아이고 어른이고 바닥만 허우적대고 옆 사람들을 밀치고 난리가 났다. 112에 신고하더라도 없는 번호라 뜬다. 다시 보니 저 골목에서 경찰관들이 테이저 건을 시민들에게 쏴 가며 돈을 줍고 있다. 세상이 잘못됐다 판단했을 때, 꿈인 걸 알았다. **(고다겸)**

하늘에서 돈이 떨어진다면 바로 밖으로 나가서 돈을 주울 것이다. 돈을 5000억까지 주워서 일단 중명교회에 10억 기부를 하겠다. 그리고 산불피해자 분들에게 300억 기부도 하고 아빠 엄마 차랑 집을 사겠다. 우리 반 친구들 부모님들한테 2억씩 주고 그다음에 연일형산초등학교를 사서 학교를 안 나오게 할 것이다. **(김기태)**

어버이날 때 할 것

　내가 어버이날에 부모님께 할 것은 직접 효도 쿠폰을 만들고 집안일을 할 것이다. 처음에는 맛있는 것을 사드리고 돈을 드리려고 했지만, 음식은 남이 만든 것이고 돈 주는 것은 부모님이 뼈 빠지게 일해서 주신 건데 용돈을 모아서 줬다고 하면 나한테 줬던 돈을 다시 돌려받는 것이기 때문이다. 효도 쿠폰은 흔하긴 하지만, 내 손으로 직접 만드니 손맛이 담겨 있고 긁어서 뽑는 맛도 담겨 있기 때문이다. '집안일은 효도 쿠폰에 담겨 있는데 왜 또 적지?'라고 생각할 수도 있지만, 동생들 돌보기는 포함을 안 할 것이니 추가한 것도 있지만, 부모님이 상상도 못 했을 집안일은 할 것이기 때문에 추가했다. **(이연진)**

발

나이 들어 꺼칠해진 엄마, 아빠의 발

우리 발은 맨들맨들

우리도 언젠간 크면 발이 꺼칠해지겠지

우리도 언젠간 엄마, 아빠처럼 크고 거친 발이 되겠지 **(강유은)**

민들레 씨앗

민들레 씨앗은

친구가 필요하다

혼자서는 꽃을 피우지도,

씨앗을 날릴 수도 없다

어쩌면 나도

한 개의 민들레 씨앗일지 모른다 **(최재희)**

N행시 짓기

진: 진달래 꽃과

민: 민들레 꽃을

창: 창가 자리에 앉아서 보고 있다

김: 김밥을 말자

치: 치즈도 함께 넣어서 말자

나: 나무는

무: 무엇이든 우리에게 내어 준다 **(진민창)**

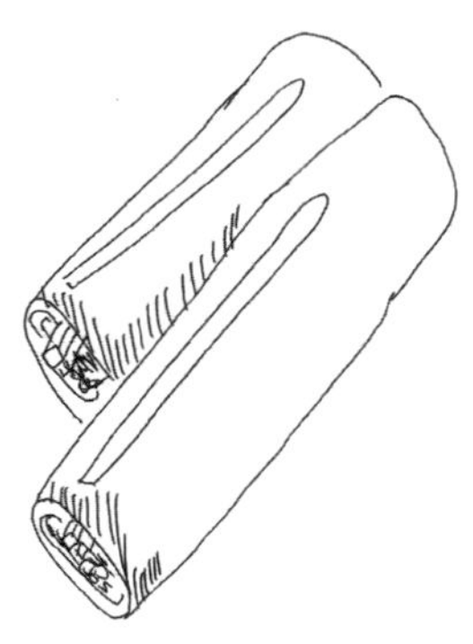

뿌리

누군가의 단단한 뿌리

넘어지지 않아야 살아남을 수 있는 뿌리

누군가의 단단한 다리

빳빳하게 서 있어야 돈을 벌 수 있는 다리

어쩔 수 없다

자식들을 챙기기 위해서이기에 **(도아린)**

손금

내 손바닥에는 나뭇가지가 있다

개나리의 가지처럼

손바닥을 보면 나뭇가지가 생각난다

손바닥에 땀이 맺혀 있는 걸 보면

개나리가 핀 나뭇가지에 이슬이 맺힌 것 같다 **(강유은)**

여름

내 꿈은 멋쟁이 엄마

내가 요즘 자주 하는 말

내가 요즘 자주 하는 말은 "사랑해"인 것 같다. 집에서 아무 생각 없이 내뱉기도 하고, 학교 가기 전이나 자기 전에 진심을 다해서 말할 때도 많다. 이 말은 가족에게 가장 많이 하고, 일부 친한 친구들에게 할 때도 있다. 사실 이 말은 요즘 자주 하는 말이 아니라, 평소에도 많이 하는 것 같다. **(이은채)**

요즘 들어 내가 자주 하는 말은 메롱이다. 6학년이랑 안 맞는 말이지만, 욕이랑 패드립보다는 낫다고 생각한다. 동생들 놀아 주다가 생긴 버릇이기도 하고 놀리기 딱 좋아서 이 말을 자주 쓴다. 이 말이 습관이 되어서 자주 쓰는 건 안 좋게 보이니까 차근차근 쓰는 횟수를 줄여 나가면서 고쳐야겠다. **(손민영)**

　내가 요즘 많이 쓰는 말은 "옛솔 칫솔 마데카솔"이다. 일부러 쓴다기보다는 습관적으로 많이 쓰는 것 같다. 요즘에는 너무 많이 써서 그런지 내가 "옛솔 칫솔" 하면 영어 선생님이랑 할머니가 "마데카솔"이라고 하신다. 처음에는 조금 신기했지만 내가 하도 많이 쓰니 그럴 만도 하다고 생각이 들었다. **(최재희)**

　요즘 내가 가장 자주 하는 말은 "그만 쫌 와!"이다. 동생이 계속 귀찮게 한다. 그리고 "쫌 자자!"는 동생이 계속 놀자고 졸라서 자기 전에 무조건 말하게 된다. 그리고 동생들이 날 화나게 해서 혼을 많이 내게 된다. **(권성제)**

셔틀런을 하며 생각한 것

　너무 힘들다. 분명 인터넷에서 코로 숨 쉬고 입으로 내뱉으면 된다고 했는데 전혀 안 되는 것 같다. 그래도 열심히 해서 3등급은 했다. 내 짝은 양승빈이었다. 다른 애들은 자기 짝이 다 먼저 끝나서 쉬고 있는데 나만 혼자 동그라미를 계속 쳐야 했다. 그래도 내가 작년보다 몇 개 더 뛴 거에 만족한다. **(김가희)**

내가 너무 게으르다는 생각이 들었다. 셔틀런을 곧 하니 연습을 해야겠다고 계속 생각만 했다. 내일 해야 되겠다, 내일은 무조건 하자, 내일 하면 되겠지라고 연습을 미루다가 당일까지 연습을 결국 한 번도 안 했다. 내가 좋아하는 건 미루지 않고 시간 날 때마다 하면서 내가 싫어하는 건 시간이 남아도 안 했다는 거에 실망하기도 했다. 그렇지만 셔틀런하며 쓰러질 때까지 정말 최선을 다했기 때문에 후회는 없다. 2학기 때는 무조건 지금 기록 모두 더 높게 얻으리라고 다짐했다. **(김기태)**

세상에 딱 하나의 가치만 남긴다면

세상에 하나만 남겨야 한다면 나는 생명 존중을 남길 거야. 작은 숨 하나조차 소중히 여긴다면 우리는 더 따뜻한 세상을 만들 수 있을 거니까. 그리고 또 생명을 아끼고 서로를 함부로 대하지 않을 것이고 폭력이 줄어들며 작은 존재도 귀하게 여겨질 것이고 살아 있음에 감사하게 될 거야. **(김채원)**

나는 이 주제를 받고 너무나도 고민이 되었다. 가치는 하나로만 이루어지지 않는다. 나는 생명 존중을 선택했다. 모든 것은 생명으로부터 시작되어 그 생명들이 또 다른 가치를 만들어 나가기 때문이다. 믿음, 사랑, 배려 따위의 가치들은 생명 존중 없이는 이루어지지 않는다고 생각한다. **(최재희)**

내가 조선 시대에 살았다면

내가 만약 조선 시대에 태어나 살았다면 조선 시대에는 먹을 것이 부족하니까 도둑질을 해야 할 것 같다. 그런데 그냥 훔치는 게 아니라, 역사에서 보면 돈을 훔친 자는 50만 냥을 내거나 노비가 되어야 한다는데 부자에게 60만 냥을 훔치고 50만 냥으로 노비 신분에서 벗어난 후 남은 10만 냥으로 행복하게 살 것이다. **(고다겸)**

한글이 만들어지고 난 뒤에 태어났으면 좋겠다. 만약 지금의 지식을 갖고 태어난다면 한자는 하나도 모르기 때문이다. 어쩜 난 예언가로 이름을 떨칠지도 모르겠다. 어쩌면 진짜로 조선시대에 다시 태어날 수도 있으니까 앞으로 사회공부를 열심히 해 둬야겠다. **(김가희)**

　　내가 조선 시대 사람이었다면 서당에서 한복을 입고 수업을 들었을 것이다. 하지만 한복 때문에 좀 불편했을 것이고, 수업을 마치면 휴대폰을 보는 대신 널뛰기를 했을 것이다. 그리고 밥은 죽을 먹고, 후식으로 떡을 먹은 뒤, 또 나가 친구들과 윷놀이를 했을 것이다. 미래에는 핸드폰을 많이 하는데 핸드폰 없는 조선시대는 어떨까 궁금하다. **(손민영)**

　　내가 조선시대에 태어난다면 나는 김만덕 같은 상인이 될 것이다. 왜냐하면 나도 김만덕같이 돈을 많이 벌어 다른 사람들을 도와주고 싶기 때문이다. 그리고 평민으로서 그런 삶을 살기 어렵기 때문이다. 그때 김만덕은 그때의 신분으로는 불가능한 왕을 만나고 금강산을 구경했다. 김만덕처럼 되고 싶다. **(최재희)**

사랑하는 부모님께

안녕! 엄마! 엄마가 어버이날을 맞는 게 벌써 19번이다! 첫째 오빠가 19살이고 둘째 오빠는 18살, 그리고 나는 13살이니 말이야.

엄마 덕분에 웃고 엄마 때문에 우는 날이 수도 없이 많았어. 우리 사이는 예전보다 틀어졌다고 볼 수도 있지만 이런 날도, 저런 날도 있는 거니까…

엄마에겐 미안한 것밖에는 없어. 내가 엄마에게 어떤 아픔을 줬는지, 또 어떤 행복을 안겨 줬는지 모르겠지만, 어쩌면 나 때문에 웃는 날보다 우는 날이 더 많았을 수도 있지만 그래도 아직 모르는 거잖아. 아직 안 끝났으니까.

내가 다음에 다시 태어나면 내가 엄마하고 엄마가 내 딸 하면 되겠다. 아무 걱정도 하지 말고 아무 아픔도 느끼지 않게 내가 채워 줄게. 오늘도 내일도 그다음 날도 엄마 평생 수고했고 지금도 수고하고 있다고 말해 주고 싶어. 남들보다 하루 더 빨리 어른이 되어야 했던 엄마를 내가 어떻게 헤아릴 수 있겠냐만은 앞으로 내가 더 노력할게. 엄마, 오늘도 수고했어! **(김예송)**

안녕하세요! 저 아린이예요. 어버이날 축하드려요. 항상 돌봐 주시고 누구보다 사랑해 주셔서 감사해요. 공주 엄마, 멋진 아빠 하나밖에 없는 딸을 더 소중하게 사랑해 주셔서 정말 저는 복 받은 것 같아요. 6학년이고 키도 그만큼 컸지만 철은 아직 들지 않은 것 같아요. 잘 때 엄마 없으면 울보가 되고 집에서 아빠만 기다리지만, 엄마 아빠 오면 짜증만 내고 대들어서 죄송해요. 그렇지만 항상 마음은 같아요. 사랑한다는 거예요. 엄마, 아빠 없이는 제가 어떻게 살까요? 벌써 걱정이에요. 항상 건강하셔야 해요, 날 위해서. **(도아린)**

세상에 단 하나뿐인, 누구보다 나를 믿고 지지하고, 항상 내 편인, 죽어서도 날 사랑해 주는 존재. 내가 크고 죽을 때까지 사랑하는 존재. 그런 존재는 부모님이었다. 이제야 알았다. 아버지가 새벽까지 일하는 것, 쉴 틈 없이 고생하시는 것, 어머니가 집안일을 하는 것, 청소, 빨래, 우리한테 밥을 주시는 것, 무엇보다 따뜻한 부모님의 품처럼 따뜻한 밥과 학교, 학원을 보내 주시는 것, 부모님의 그 바쁘고 힘들게 한 모든 고생이 다 우리를 위한 것이었다. 우리가 올바르게 크도록 해 준 것이었다. 엄마, 아빠! 이제야 알아서 미안해. **(박지후)**

내게 초능력이 하나 있다면

내게 초능력이 하나 있다면 상대방의 속마음을 원할 때만 들을 수 있는 능력이었으면 좋겠다. 만약 그 능력이 있으면 표정이 슬퍼 보이는 사람에게 가서 속마음을 읽고 힘든 일을 도와줄 것이다. 그리고 혹시나 그럴 리는 없겠지만 우리나라에 몰래 들어온 스파이의 속마음을 들어 어떤 일을 벌이는지 알아낼 것이다. **(강문성)**

돈은 너무 많으면 진실된 사랑을 찾기 힘들 것 같습니다. 하지만 돈이 많다면 가족과 함께 계속 행복할 수 있습니다. 돈은 평생 놀 수 있을 만한 돈이면 좋겠습니다. 그리고 진실된 사랑은 돈이 없는 척하면 찾아낼 수 있을 것 같습니다. 저는 나중에 가족과 함께 행복한 나날들을 살 것입니다. **(신은하)**

내가 행복해지는 데는 20800원만 있으면 된다. 20000원으로 세 끼를 해결하고 후식으로 800원짜리 빠삐코를 먹는 것이다. 그러면 나에게는 세상 최고의 행복이다. 800원이 없었으면 조금 행복할 것이다. 그러므로 나는 20800원이면 충분하다. **(김지영)**

　　내가 행복해지는 데 얼마가 필요할까를 계속 생각해 봤다. 돈은 많으면 많을수록 좋다. 근데 그 돈이 나를 슬프게 하는 모든 것을 없어지게 해 줄까? 란 생각도 연달아 들었다. 그래서 나는 행복해지는 데 딱히 돈이 필요하지 않을 것 같다. 필요 없을 요소는 많지만 더 필요한 요소는 없는 것이다. 그리고 마지막으로 굳이 행복해져야 하나? 라는 생각도 들었다. **(김예송)**

주말 동안 생각한 것

　　내가 주말 동안 생각한 것은 '피곤하다'다. 왜냐하면 시험 때문에 밀렸던 공부를 열심히 하고 밖에 나가다 보니 어느 순간 피곤했기 때문이다. 잠을 자면 된다고 생각이 되겠지만, 불면증이 있는지 흑역사와 미래를 생각하게 돼서 잠을 잘 못 자는 것 같다.

　　이 피곤함 덕분에 사람은 무리하면 안 된다는 걸 깨달은 것 같다.

(이연진)

저는 주말 동안 지영이 생각을 했습니다. 왜냐하면 토요일에 지영이와 놀려고 했지만, 지영이가 아프다고 하여 걱정이 되었습니다. 그래서 다음 날 지영이에게 괜찮냐고 물어보았는데 아직 아프다고 해서 더욱 걱정이 되고 속상했습니다. 월요일에 학교에 지영이가 온다면 괜찮냐고 물어봐야겠습니다. 지영아 빨리 나아!! **(손민영)**

주말 동안 내가 생각한 것은 '공허함'이다. 주말 동안 진짜 재미있게 놀았는데, 날씨도 너무 좋았는데, 하나부터 열까지 부족한 것 없었는데 그렇게 친구하고 놀고 나니까 이상하게 공허함이 찾아왔다. 어떻게 하루가 완벽할 수 있겠나… 설명할 수 없는 이상한 기분이다. 그냥 이러한 기분이 신기할 따름이다. **(김예송)**

나는 알지만 다른 사람들은 모르는 것

    나는 알지만 다른 사람들은 잘 모르는 은하 모습을 써 보려고 한다. 첫 번째는 순해 보이지만 은근히 순하지 않다는 것이다. 얼굴 때문에 순해 보이지만 유행어 같은 것을 은근히 잘 알기 때문이다. 두 번째는 아닐 것처럼 보이지만 공부를 잘한다는 것이다. 놀기만 할 것 같지만 공부를 아주 열심히 해서 잘 한다. 세 번째는 귤과 귤 친구들을 엄청 싫어하는 것이다. 편식을 안 할 것 같지만, 꽤 많이 하고 귤 까먹은 손으로 터치하면 극혐을 한다. 내가 아는 건 이것보다 더 있지만, 적으면 3쪽 쓸 것 같아서 이 정도 쓰고 더 친해져서 더 알려 주겠다. **(이연진)**

나는 잘 알지만 남은 모르는 것은 내가 안경을 바꿨다는 것이다. 얼마 전에 안경을 바꾸었는데 아무도 알아보지 못했다. 내가 보기에는 확실히 바뀐 티가 나는데 다른 사람이 보기에는 똑같아 보이나 보다. 그리고 안경은 6개월에서 1년 주기로 교체해 줘야 된다던데 이 것도 나만 알고 있는지는 잘 모르겠다. **(이은채)**

내가 알고 있는 연진이의 멋진 모습 중 첫 번째로는 타인의 감정을 세심하게 살펴봐 준다는 것이다. 그리고 타인의 고민을 잘 들어준다. 또 고민을 얘기해 주면 위로를 잘해 주고 잘 공감해 준다. 물론 공감을 잘해 주는 친구는 다른 여러 명 있긴 하지만 연진이와 오랫동안 친구를 해서 그런지 연진이는 공감하기 힘들 만한 이야기더라도 집중해서 경청하고 들어주며 공감해 준다는 점이 특별하다. **(신은하)**

거짓말 했던 일

엄마께 수학숙제 책읽기 영어 숙제를 다 했다고 하고 유투브를 보고 게임도 했다. 그리고 숙제는 자고 일어나 학교에서 했다. 지금 영어 학원을 가야 하는데 못 가겠다. 왜냐하면 영어 숙제를 아직 덜 했기 때문이다. 숙제를 못 하고 가면 엄마께 문자가 간다. 너무 무섭다. 어제 다했다고 거짓말했는데 엄마가 아시면 혼낼 것 같기 때문이다.

(김지영)

나는 괜찮다고 거짓말을 많이 한다. 공에 세게 맞아서 눈물이 찔끔 나와도 괜찮다, 아무리 아파도 괜찮다고 거짓말한다. 아파도 참을 만해서 괜찮다고 하는 것 같다. 근데 피구공에 맞았을 때는 친구들이 너무 몰려오는 것 때문에 부담스러워서 괜찮다고 한다. 그래도 진짜 너무 아플 때는 안 괜찮다고 한다. **(이은채)**

목성인인 내가 지구 슈퍼마켓을 다녀온 뒤 고향에 보고한다

인간인 척 슈퍼마켓을 다녀오기 너무 힘들었다. 돈은 없고 배도 고프고 길 잃고 아주 난리였다. 가는 길에 폰을 떨어트려 액정이 나가 어디 가는 행인한테 길을 물으니 "아, 안 믿어요." 하고 떠났다. 몇 시간을 걸어 슈퍼마켓을 도착하니 라면이랑 과자가 엄청 많았다. 사고 싶지만 돈이 없어서 포기하고 목성을 돌아가면서 보고한 내용은 '슈퍼마켓 좋지만 너무 비싸서 비추천'이라고 보냈다. 내가 탐구 담당이어서 갔지만 아니어도 몰래 갔을 것이다. **(이연진)**

하… 이제야 지구에 도착했다. 투명 망토를 쓰고 슈퍼마켓?이라 부르는 곳에 왔다. 슈퍼마켓에서는 과일, 컵밥, 3분 카레, 짜장, 라면 등이 있었다. 가다가 다른 목성인들을 보았다.

'저 녀석들도 보고하려고 왔나'라고 생각하며 고향에 보고를 했다. 지구는 이런 신기한 것들이 있다고. **(권성제)**

지구의 마트에 들어가니 좀 작아 보였다. 내가 사는 유로파의 마트보다 4배 정도 작은 것 같았다. 하지만 둘러보니 물건도 더 많고 정리도 너무 깔끔했다. 가구면 가구 고기면 고기 자신이 사고 싶은 것을 곧바로 찾아갈 수 있다. 우리 유로파에서는 식칼 옆에 이불이 있기도 하다. 그리고 우리 목성은 위성이 많아서 간이 로켓을 타거나 제트팩을 이용해야 해서 이것들을 판다. 지구로 따지면 간이 로켓은 자동차, 제트팩은 자전거 같은 개념이다. 지구의 마트의 놀라운 점은 시식이 있다는 것이다. 시식이 모여 있는 곳을 시식 코너라 하는데 이곳은 천국이다. 먹는 게 꽁짜라니! 내가 빨리 돌아가서 건의해 봐야겠다. **(최재희)**

소나기에 얽힌 기억

　　나의 소나기에 얽힌 기억은 유치원을 다닐 때 내가 소풍 가서 놀고 있던 날, 예쁜 덤불이 있어 꽃 한 송이를 꺾고 다시 놀았다. 그러다 다 놀고 갈 때가 되어 꽃을 들고 산을 내려갔다. 갑자기 소나기가 와 버려 들고 있던 꽃이 젖어 버렸다. 그 꽃으로 집에서 만들기 하려고 했던 건데 젖어 버려서 속상했었다. **(고다겸)**

소나기 하면 그때가 생각나 계속 웃음이 나온다. 5학년 때 나를 포함해서 네 명이 부조장터에 갔을 때 길고 굵은 소나기가 내렸고, 달리기 하는 것처럼 아주 빠르게 내렸다. 다행히 우산은 있었지만, 거의 옷이 땡땡이 무늬처럼 되었다. 그래서 친구들과 재정비 후에 다시 놀았다. 그때를 생각하며 우린 정말 대단하다고 느껴지고, 이젠 친구들과 어떤 무엇과도 맞설 수 있다고 생각됐다. **(손민영)**

반대항 빅발리볼 경기를 하고

경기가 시작되었다. 우리는 시작부터 밀리기 시작했다. 조금씩 점수를 내주었다. 순식간에 1세트의 세트 포인트다. 하지만 내가 실수를 해서 1세트를 져 버렸다. 나 때문에 져 버렸다. 모두가 괜찮다며 서로를 격려해 주었지만 그것이 오히려 내게 더 잘해야 한다는 압박감이 되어 돌아왔다.

내겐 좌절할 시간이 없었다. 내가 실수를 한 건 이미 지나간 일, 아직 기회가 남아 있다. 이 기회를 붙잡아야 한다. 지든 말든 상관없이 열심히, 최선을 다한다면 조금 더 나은 결과를 얻을 수 있을 것이다. 실패했다면 노력이 조금 부족했던 것이다. **(최재희)**

야구 글러브

오빠 야구 글러브를 누가 쓰고 찢어 났다. 그래서 내가 야구 글러브를 사 주려고 한다. 일단 한 달마다 3만 5천 원을 모아서 13만 원을 모았다. 오빠가 야구 글러브를 본드로 붙이길래 사 줘야겠다고 마음먹었다. 내가 쿠팡을 사용하지 못해서 엄마보고 시켜달라고 했다. 만약 택배가 오면 오빠가 옛날 글러브를 버리고 내가 사 준 글러브를 사용해 야구를 더 즐겁게 했으면 좋겠다. **(김지영)**

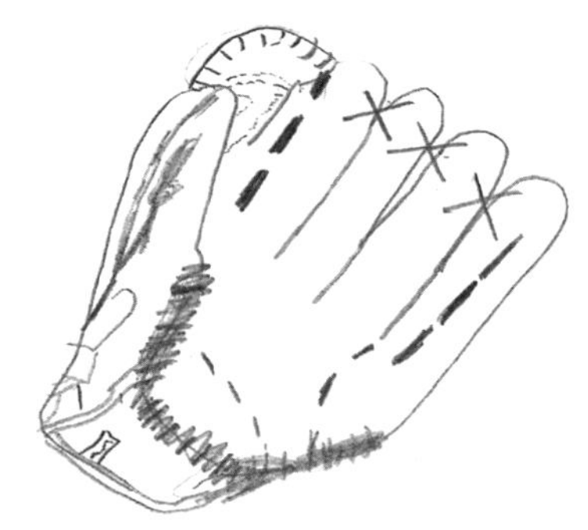

만약에 내가 1950년 6월 25일에 살고 있었다면?

잠을 자고 있는데 사람들의 분주한 소리가 들리며 밖에서 위이잉 소리가 들렸다. 일어나 보니 대피소였다. 분명 나는 집이었는데 엄마한테 물어보니 아빠가 나를 업고 우리 집 거북이도 데리고 온 것이다. 연희와 민국이가 사라졌을까 봐 두리번거렸는데 다행히 있어서 안도의 한숨을 내쉬었다. 휴식을 취한 지 얼마 되지 않아 밖에서 군인들이 총을 쏘고 폭탄을 날렸다. 큰소리에 놀라 나도 모르게 귀를 막고 내가 왜 전쟁을 겪고 있는지 모르겠다고 생각했다. 부모님께 대한민국과 누가 싸우고 있는지 물어보니 이럴 수가! 북한이었다.

어르신들께서는 전쟁을 겪어 봤는지 너무 놀란 사람들에게 진정하라고 심호흡을 같이 해 주고 계셨다. '누가 이기지?'라는 생각은 안 들고 '언제 끝나지? 과연 우리 가족이 살아남을 수 있을까? 만약 죽는다면 천국에 갈까 지옥으로 갈까?'라는 생각만 했다. 대피소에 폭탄을 맞아 건물이 찌그러졌다. 쾅!! 소리가 나자 다들 소리를 지르고 어수선해졌다. 나는 여기서 소리를 지르지 않고 '다음 생에도 우리 가족을 만나게 해 주세요.'라고 빌고 있었는데 북한 폭탄 성능이 좋은지 대피소가 무너져 안 좋은 가스들이 들어왔다. 사람들이 난리를 치고 있을 때 어차피 죽을 인생 가족들과 함께 하자라는 마음으로 가족들에게 밖으로 도망치자고 했다. 빗나간 총이 나한테 맞아서 죽었지만 후회 없다. 그냥 가족들을 다음 생에 다시 만날 수만 있길 바란다. **(이연진)**

생일

오늘은 8월 18일 내 생일이다. 오늘도 해가 아주 쨍쨍하다. 아마 36도 정도 될 것이다. 오늘 우리 엄마는 이 뜨거운 날씨에 나를 어떻게 낳았는지 모르겠다. 나는 벌써 12번째 생일을 맞이했다. 시간이 어찌나 빠른지 방학도 끝났고 곧 중학생이다. 오늘 내 생일인데 나보다 엄마가 더 축하받아야 하는 날인 것 같다. 엄마, 고맙습니다! **(이은채)**

여름밤의 연주회

왱왱왱

모기가 날갯짓을 한다

짝짝

내가 모기를 잡으려고 박수를 친다

덜덜덜덜

선풍기가 돌아간다

왱왱왱 짝짝 덜덜덜덜

이 소리가 모여 불협화음이 완성된다 **(장현우)**

차가운 소리

나는 에어컨이 필요 없다

왜냐하면 아빠가 있기 때문이다

아빠의 아재개그는

겨울에 에어컨을 튼 것 같다 **(양승빈)**

여름 모기

밤에 침대에 누우면

들리는 소리 윙윙윙

하지만 불을 켜면

갑자기 조용해진다

다시 불을 끄고 누웠는데

들리는 윙윙 소리

불을 켜고 겨우 잡은

여름 모기 **(진민창)**

서울우유
10월 11 일 토 요일
수학여행 나는 사진 찍으며 해맑게 웃다
10월 13 일 월

가을

너를 위해 바뀌어져 볼게

'방학이 끝났는데'로 시작하는 문장쓰기

방학이 끝났는데 너무 덥다

방학이 끝났는데 끝나지 않은 것 같다

방학이 끝났는데 하루가 길다

방학이 끝났는데 자격증 시험이 기다리고 있다

방학이 끝났는데 아직 여름이다

방학이 끝났는데 늦잠을 잔다

방학이 끝났는데 이젠 겨울방학이 기다려진다

방학이 끝났는데 새로운 우리 반 선생님이 궁금해졌다

방학이 끝났는데 남은 5개월이 기대된다 **(권가빈)**

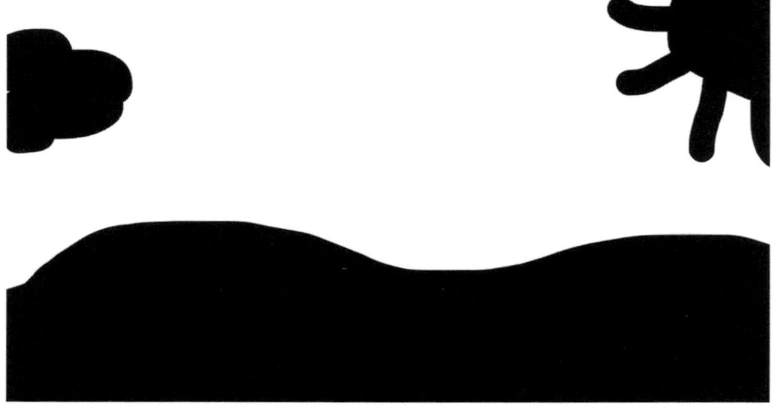

전학 가는 한나에게

한나야 안녕? 난 은채야. 우리가 처음 봤을 때 기억나? 내가 너의 첫 짝이었잖아. 왜인지 모르겠지만 우린 꽤 잘 맞았던 것 같고 함께 있던 시간이 즐거웠어. Hannah ist schon. 이게 내가 너한테 처음 배웠던 문장이야. 나 너랑 독일어 공부했던 거 아직도 가지고 있어! 가끔 보면서 복습하기도 하고… 솔직히 지금은 네가 다른 친구들과 더 잘 어울리는 것 같지만 나한테 가장 특별했던 친구는 '너'였던 것 같아. 2년 반. 누구한텐 길고 누구한텐 짧은 시간. 너랑은 할 거 다 해 보면서 즐겁게 보낸 것 같아. 앞으로 얼마 남지 않은 시간 잊혀지지 않게 특별했으면 좋겠어. 고마워. **(이은채)**

시험과 인생의 공통점과 차이점

　시험은 여러 번 볼 수 있고 틀리면 고칠 수 있지만 인생은 한 번밖에 없고 고칠 수도 없다. 시험은 답이 일정하게 정해져 있지만, 인생은 답이 없다. 시험은 안 칠 수도 있지만, 인생은 거부할 수 없다. 시험에는 점수가 있지만 인생은 점수가 정해지지 않는다. 공통점은 시험과 인생 모두 노력하지 않으면 잘 풀릴 수 없다는 것이다. **(이은채)**

인생과 시험지의 공통점은 인생도 잘 안 풀리는데 시험도 마찬가지로 잘 안 풀린다는 것이다. 그리고 시험지에도 아는 답이 없는데 내 인생도 똑같이 답이 없다.

시험지를 풀 때 내 머리가 백지가 되는 것과 같이 내 인생도 백지처럼 밝게 빛났으면 좋겠다. **(강문성)**

띵동 띵동 벨소리가 들린다. 누구일까?

기대하면서 밖에 나가 본다. 어? 밖에 나가 봤더니 외계인이 있었다. 하이 슐요리조리 이러쿵저러쿵 말하다가 외계인이 우주에서 파티를 한다고 초대해서 우주에 도착했다. 생각을 해 보니 나는 사람이라서 숨을 쉴 수 없었다. 외계인은 내가 숨을 못 쉬는 걸 알고 숨 쉬게 하는 기계를 줘서 간신히 살았다. 파티를 하고 집에 왔다. 또 띵동띵동 벨 소리가 울린다. 나가 보니 아무도 없었다. 또 벨 소리가 나서 나가 보니 옆집 꼬마 아이가 벨튀를 하는 걸 보았다. 외계인에게 옆집 꼬마 아이에게 복수해 달라고 하였다. **(김지영)**

숫자

우린 숫자에 매여 산다. 몸무게란 이름의 숫자, 나이라는 이름의 숫자, 키라는 이름의 숫자 등등… 많은 숫자를 우리는 갖고 산다. 하지만 그 숫자에 너무 신경 쓰지 않으면 좋겠다. 사람들은 실력을 보지 않고 숫자, 점수를 본다. 이제부턴 나도 내 숫자에 너무 신경 쓰지 않을 것이다. 누가 뭐라 해도 내가 나를 제일 잘 알기 때문에 짜증 나는 숫자로 나를 평가하는 것은 이제 그만두겠다. **(도아린)**

나의 말할 수 있는 비밀은 조금 양심에 찔린다. 밤에 친구들과 카톡을 할 때 공부를 하고 있었는데 자야 한다고 하고 공부한 뒤 잠시 후에 잠에 들었다는 것이다. 미안하긴 했지만, 밤이라 잠이 와서 더 그랬던 것 같다. 끝까지 말하지 않으려 했지만, 오늘 주제가 이것이라서 쓸 수밖에 없었다. **(손민영)**

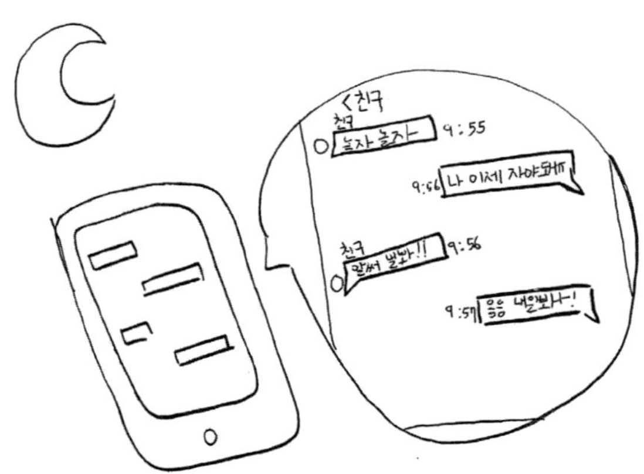

사실 나는 아직도 동생들한테 역할놀이 하자고 먼저 말한다. 막상 해 보면 너무 재밌다. 동생들하고 관계가 좋아서 그런지는 모르겠지만 동생들도 재밌어한다. 특히 토요일 밤에 가장 많이 하는데 해 본 역할놀이는 병원놀이, 가족놀이, 학교놀이, 등등이 있다. 언제까지 같이 할지는 모르겠지만 오래 같이 하고 싶다. **(이은채)**

내가 좋아하는 유튜버와 이유

　내가 좋아하는 유튜버는 우리 아빠이다. 왜냐하면 나는 보통 유튜브 영상은 먹방이나 게임, 동물 영상들을 보는데 아빠는 매일매일 꾸준히 올리시기 때문이다. 그리고 나도 아빠처럼 한 가지를 꾸준히 하는 성실함을 닮고 싶어서 아빠가 하시는 유튜브를 재미있게 본다. 그리고 아빠는 보통 음식을 찍는데 가끔씩 우리 삼 남매가 오락실에서 게임하는 영상도 몇 개가 있다. 그래서 나에게 아빠는 내가 존경하는 유튜버이다. **(신은하)**

내 인생 중 내가 간절히 원했던 한 가지

나는 내가 첫째가 되고 형이 둘째가 되었으면 좋겠다. 형은 내게 심부름을 많이 시켜서 엄청 괴롭고 귀찮다. 하지만 내가 첫째가 된다면 그런 걱정은 할 필요도 없고 오히려 내가 심부름을 시킬 수 있다. 나도 우리 형을 부려 보고 싶다. 제발 하루만이라도 이렇게 되었으면. **(최재희)**

우리 모둠

우리 모둠의 이름은 프리티이다. 이 아이디어는 한나의 것인데 사실 나는 그 이름이 썩 좋진 않았다. 남자한테 프리티라니… 우리 모둠은 여자 세 명과 나 혼자 남자라서 친구들의 이름을 따르게 되었다. 내가 모둠장이라서 이름을 소개할 때 살짝 부끄러웠지만 우리는 모두 마음이 예쁜 사람이니까 이제는 그 이름이 마음에 든다. 우리 프리티 모둠 파이팅! **(최재희)**

나의 장점

　나의 장점은 모든 사람에게 인사를 잘 하는 것이다. 매일 학교를 끝나고 학원으로 갈 때 요구르트 아줌마에게 기똥차게 인사를 한다. 그리고 나는 요구르트 아줌마 말고도 가끔 모르는 사람에게 인사를 해서 아는 사이가 되기도 한다. **(강문성)**

수학여행, 이것만은 꼭 지킨다

수학여행, 나만의 소지품은 꼭 지키겠다. 나는 내 물건을 자주 잃어버린다. 올해 초쯤에 이모가 버즈를 사 주셨는데 싱가포르에 가서 한 짝을 잃어버리고 일본에 가서 나머지 반대쪽도 잃어버렸다. 그래서 이번에 갔을 때 내 소지품을 꼭 잃어버리지 않고 잘 챙길 것이다. 빨리 수요일이 되면 좋겠다. **(신은하)**

나는 사진 찍을 때 해맑게 웃을 것이다. 왜냐하면 친구들과 함께하는 시간이 정말 즐거울 것 같고 그날의 행복한 순간을 예쁜 사진으로 남기고 싶기 때문이다. 나중에 사진 속의 내 웃는 얼굴을 보면 기분이 좋아질 것이다. 그리고 선생님께서도 밝게 웃는 내 모습을 보시면 뿌듯해하실 것 같다. **(이연진)**

질문

AI는 어떤 질문에도 답을 해 줄까? AI도 인간이 만들어 냈고 인간이 밝혀낸 사실을 바탕으로 움직인다. 그럼 인간도 알 수 없는 건? AI는 알까? 우리는 수없는 질문을 한다. 그 질문에는 답이 다 있을까? 내게 질문이란 한번 빠지면 나올 수 없는 구멍 같다. D 오늘 질문축제에서처럼 탐구질문을 하나 툭 던지면 수많은 꼬리질문이 나온다. 계속 질문을 하다 보면 더 깊이 생각하게 되고 그렇게 깊은 구멍에 빠지게 된다. 그 구멍에서 나오려면 힘들 것이다. 생각할수록 궁금한 건 많아질 테고 탐구질문을 바꿔 그 구멍에서 나와도 새 구멍에 빠질 것이기 때문이다. 질문구멍에 빠진다는 건 좋은 뜻인 것 같다. 생각이 넓어지고 새것을 배울 수 있는 기회이기 때문이다. 오늘부터 나도 질문구멍을 파 보면 어떨까? **(이은채)**

연필

연필은 마법이다

뚝딱하면 글이 써지고

뚝딱하면 그림이 그려지니까

난 이 마법으로

이 시를 쓴다

마법이 어떻게

날 이끌까? **(장현우)**

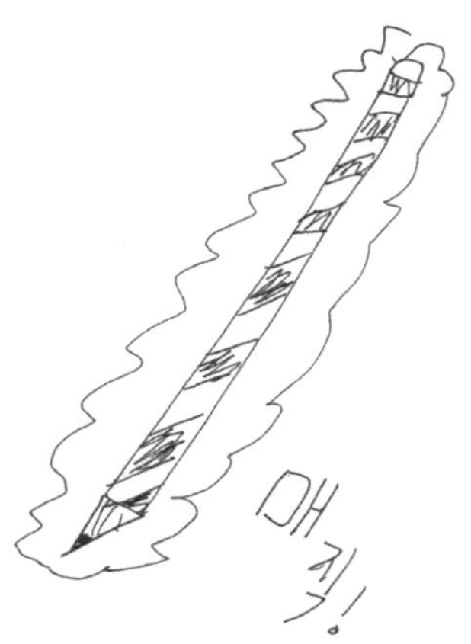

단풍

가을이 오면

바뀌는 단풍처럼

난 너를 위해

바뀌어져 볼게

조금씩 물드는 단풍처럼

나도 바뀌어져 볼게

매년마다 꾸준히 오는 가을처럼

너는 바뀌지 말아줘 **(최재희)**

줄넘기

오늘은 줄넘기하는 날

줄넘기가 지렁이처럼 잘도 움직인다

등을 구부려 보관하면

계속 자고 싶은지 펴질 않는다 **(강유은)**

리코더

구멍은 적은데 소리는 많은 게 꼭 나 같다

입은 하나인데 조잘조잘하는 것처럼

구멍이 하나라면 외로울 텐데

손을 잡고 있는 친구가 옆에 있으니 외롭지는 않겠다

그러니 정말 리코더는 나 같다 **(도아린)**

달

나는 달을 볼 때면

뭔가 희망이 생긴다

밤이라는 어둠 속에 갇혀 있는 나에게

빛을 비추어 주며 응원해 주는 것 같다

내가 미래에 무엇이 되면 좋을지도

달을 보고 알았다

나도 달 같은 존재가 되기로 **(최재희)**

연산

오늘은 공부 다른 건 못하고 연산만 했는데 난이도가 대박이었다. 어떤 문제를 풀고 매겼는데 왜 틀린 건지 몰라서 엄마한테 도와달라고 했다. 그 문제를 어떻게 풀었냐고 해서 풀었는데 2515400/63이 나왔다. 엄마가 푸는 법을 알려 주셨는데 하나도 이해가 안 되었다. 그래서 내가 그렇게 푸는 거 아닌 것 같다고 하니, 내가 푸는 방식이 아예 아니라고 해서 머쓱했다. 그렇게 이해가 될 때까지 풀다 보니 어느새 혼자서 척척 풀 수 있게 되었다. 역시 선생님 말씀은 진실이라는 것을 알 수 있었고 노력은 배신하지 않는다는 것을 알게 되었다. **(이연진)**

양보와 배려

　내가 실천하는 양보와 배려는 어르신들이 서 있으면 자리 양보해 주기, 동생이 있으면 간식 나눠 주기, 줄 비켜 주기, 상대방이 실수해도 이해해 주기, 힘든 할아버지가 있으면 도와드리기, 쓰레기 줍는 할머니 수레를 같이 밀어 주기, 더 급한 사정 있는 사람에게 줄을 양보해 주기 등이 있다. 배려와 양보는 사람들을 도와주는 행동이다. **(진민창)**

별

별은 종류가 아주 아주 많다. 밤하늘에 별, 벽에 도배 되어 있는 별, 노래 제목에 들어가 있는 별 그리고 시험 풀 때 별이다. 그중에서 나한테 많이 해당이 되는 별은 시험 풀 때의 별이다. 시험 문제를 읽고 또 읽어도 이해가 안 되고 풀 줄도 모른다면 고민 없이 별이다. 내 문제집과 시험지를 보면 여기도 별, 저기도 별이다. 별을 안 볼 수 없는 법이 있으려나? **(이연진)**

밤하늘

밤하늘은 예쁘다

왜냐하면 너무 예쁜 별이 있기 때문이다

그런 예쁜 별을 볼 때마다

별사탕이 떠올라 군침이 돈다 **(양승빈)**

열매

나는 열매가 부럽다

몸에 멍이 들고 떨어져도
맛있는 열매

애피타이저로 먹든 디저트로 먹든
맛있다고 사람들이 좋아하는 열매

나도 이상해도
사람들이 열매처럼
좋아했으면 **(김기태)**

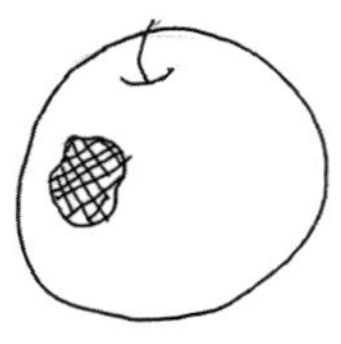

힘

내가 힘이 없을 땐

나의 힘은 가족이다

힘이 없을 때

가족들이 힘을 나누어 준다 **(김채원)**

배워서
남주자

겨울

우리들은 6 학년

나는 마음의 성장이 빠를까 몸의 성장이 빠를까?

나는 몸의 성장이 더 빠른 것 같다. 이미 키가 멈춘 것 같기 때문이다. 그런데 마음의 성장은 끝이 없다고 생각한다. 인생이 끝나는 그 날이 마음의 성장이 끝나는 날인 것 같다. 살면서 사람마다 겪는 일이 다르고 그 일을 겪으며 느끼는 감정도 다르니까 마음이 성장하는 속도도 다를 것 같다.

한번에 많은 일을 겪으면 마음의 성장이 더 빠를 것 같다. 한번에 너무 많은 것을 아는 것도 별로 좋지 않을 것이다. 뭐든 적당히가 좋다. 나는 아직 많은 일을 겪지 않아서 잘 모르지만 말이다. **(김예송)**

　나는 마음의 성장이 더 빠르다고 생각한다. 어릴 때 조금만 다쳐도 아파하며 울었지만 아무리 아파도 일단 참는 내가 되었기 때문이다. 나의 마음은 이제 정말로 단단해진 것 같다. 그리고 넓어졌다. 이제는 어릴 때를 생각해 보면 참 웃기다. 조그마한 것도 양보를 안 하려고 했던 모습이 말이다. **(이은채)**

내가 신이라면

전 세계의 출산율부터 조절할 것이다. 인구가 너무 많아지거나 적어지지 않게 말이다. 그리고 전쟁과 지구 온난화를 없앨 것이다. 전세계의 동식물이 평등한 생활을 할 수 있게 말이다. 마지막으로는 모든 나라의 자원을 풍족하게 하여 열심히 일하는 사람은 대가를 그만큼 받을 수 있도록 하겠다. **(최재희)**

내가 사실 신이라도 그냥 지금처럼 평범하게 살 것 같다. 왜냐하면 앞으로의 일들은 모두 정해져 있다고 생각하기 때문이다. 이미 정해진 인생이니 그냥 흘러가는 대로 살고 싶다. 그리고 나는 이대로 평범하게 살아도, 신보다 행복할 것이다. 나는 내가 신이 되어 인생을 바꾸고 무작정 행복하려 하는 게 싫다. **(이은채)**

사실 내가 신이라면 일단 그냥 이대로 살고 싶다. 이 평화로운 하루하루가 너무 좋기 때문이다. 신도 어떻게 보면 특별한 능력이 있는 인간일 뿐이라고 생각한다.

어쨌든 신이 된다면 나는 환경의 신이 되고 싶다. 지구 온난화가 너무 심해지고 있어서 속상하다. 블랙홀 같은 주머니를 만들어서 쓰레기를 다 넣어 버리고 싶다. **(김예송)**

내 짝은 왠지 축구 선수가 될 것 같다. 왜냐하면 맨날 밖에서 축구를 하고 축구에 대해서도 잘 알고 있는 것 같기 때문이다. 그리고 손흥민처럼 뭔가 유명한 축구팀에 들어가서 세계적으로 모르는 사람이 없을 정도로 유명해질 것 같다. 그리고 어떤 문제가 생기면 잘 이겨 낼 것 같다. 축구하는 모습을 봤는데 축구할 때 생기는 문제라면 먼저 나서서 해결하려는 모습이 보였기 때문이다. 축구할 때 친구가 다치면 제일 먼저 달려가서 "괜찮아?"라고 물어보고, 자기가 잘못했으면 "미안해."라고 사과하는 기태의 모습이 너무 멋졌기 때문이다. 기태는 훗날 훌륭한 축구 선수가 될 것이다. **(강유은)**

내게 영향을 준 말

친구가 "무소의 뿔처럼 혼자서 가라. 소리에 놀라지 않는 사자와 같이. 진흙에 물들지 않는 연꽃과 같이"라는 말을 편지에 적어 준 적이 있다. 그 친구랑 오늘 3703일 되었다. 근데 참 멋진 말 같지만 무소가 뭔지 잘 모르겠다. **(최수민)**

내가 만든 기념일

　12월 31일을 10km 완주의 날로 정하겠다. 새해를 맞이하여 뛰지 않으면 나쁜 기운이 들어온다고 정하여 재미로 많은 사람이 10km를 뛰는 것이다. 아파서 뛰지 못하는 사람들은 응원을 해 주며 새해를 맞이해도 괜찮겠다. 하지만 나라면 힘들어서 못 할 것만 같기도 하다. 에라 모르겠다. 빨리 새해가 날 맞이하면 좋겠다. **(도아린)**

12월 31일은 새로운 년도를 맞이해서 세계의 대청소날로 정한다. 세계의 대청소날에는 깨끗한 마음으로 시작하자는 의미로 안 쓰는 물건을 버리고 인증샷을 보여 주면 문화상품권을 받는다. 받은 문화상품권은 마트나 시장에서 쓸 수 있다. **(권가빈)**

내 아내는 무엇보다 나를 믿어 주고, 사랑하는 사람이었으면 좋겠다. 아내와 나는 가족 관계가 될 수도 있기 때문에 무엇보다 나의 든든한 버팀목이 되어 주었으면 좋겠고, 나도 내 아내의 버팀목과 믿음, 사랑을 많이 줄 것이다. 무엇보다 신뢰, 인성이 중요하기에 완벽한 아내면 좋겠다. **(박지후)**

　내 남편은 나를 행복하게 해 주고 친절한 사람이었으면 좋겠다. 음식을 남기지 않는 사람이고, 요리를 잘하는 사람이면 좋겠다. 여행을 좋아하고 잘 다니는 사람이 좋고, 나랑 취향이 잘 맞는 사람이면 좋겠다. 믿을 수 있는 사람이고 과거가 깨끗해야 한다. 따뜻한 사람이고 잘 챙겨 줬으면 좋겠다. **(이은채)**

학예회를 마치고

　기다리고 기다리던 학예회가 드디어 왔다. 열심히 연습하고 노력한 것을 보여 줄 시간이다. 11월 14일 금요일 학예회 너무 기대도 되고 떨렸다. 1부가 끝나고 11시 20분에 2부가 다시 시작된다. 우리 반은 2부다. 점점 차례가 가까워지자 긴장되었다. 무대에 올라가니 실수할까 봐 떨렸지만 다행히도 잘 한 것 같다. 초등학교 마지막 학예회 우리 반 모두가 도와주어서 할 수 있었던 학예회였다. 처음부터 끝까지 이끌어 주신 선생님, 그리고 잘 따라와 준 친구들 덕분에 멋진 무대가 되었다. 좋은 추억으로 남겨질 것 같다. 모두 수고했어. 아마도 우리 반 무대가 가장 멋졌을 거야! **(권가빈)**

'연어'를 읽고

"연어라는 말속에는 강물 냄새가 난다." 연어라는 책의 첫 문장이자 마지막 문장이기도 하다. 한 달 전쯤 선생님께서 연어라는 책을 우리 반 전체에게 나눠 주셨다. 그리고 선생님이 가장 좋아하는 책이라는 말씀을 덧붙이셨다. 선생님께서 물고기를 좋아하시나라는 생각도 들었다. 읽다 보니 연어의 정보에 관한 책은 아닌 듯했다. 보통 검은색 연어와는 색이 다른 은빛연어가 주인공인데 눈에 띄는 색 때문에 물수리에게 잡아먹힐 뻔한다. 그런데 은빛연어 대신 물수리의 먹이가 된 것은 그의 누나였다. 그는 누나를 잃었지만 계속해서 헤엄쳐야 했다. 그 뒤로 고향으로 돌아가며 여러 연어와 만나고 마침내 폭포와 만나게 된다. 역경들을 헤치고 고향으로 돌아와 알을 낳고 은빛연어는 생을 다한다. 작가는 연어들이 알을 낳고 죽으면 비로소 시작이라고 표현한다. 이 문장이 상당히 나에게 와닿았다. 은빛연어와 눈 맑은 연어는 세상을 떠났지만 여행은 여전히 계속된다. 이 말의 의미는 무엇일까? 은빛연어는 마지막을 사랑하는 연어와 끝냈으니 죽음이 두렵지 않다고 했는데 나도 그런 생각을 할 수 있을까? 이처럼 연어라는 책은 나에게 여러 가지 생각과 질문을 던져 주는 책이었다. **(고다겸)**

50살에 내가 쓰는 일기

2062년 1월 1일 오늘은 내가 50살이 되는 날! 벌써 50살이라니⋯ 시간이 정말 빠른 것 같다. 내 친구들은 다 열심히 일을 하고 있다. 나는 디지털로 간호사 일을 하고 있다. 모든 전자 제품이 친환경으로 바뀌었고 환경 오염 때문에 밖에 나가는 것은 더 어려워졌다. 환경이 빨리 개선되었으면 좋겠다. **(김예송)**

오늘은 2075년 4월 1일 만우절이다. 요즘은 집도 인공지능으로 발달되어 있어 편하다. 집에 있던 AI서랍에서 옛 사진을 꺼내 보니 추억이 새록새록 떠올랐다. 인공지능이 내 건강 상태를 파악하여 아침, 점심, 저녁 식사를 준비해 주니 편리하지만, 인공지능의 태도가 변할까 봐 매일매일이 두렵다. **(손민영)**

오늘은 일찍 일어났다. 오늘도 로봇이 씻겨 주고 옷을 입혀 주고, 나는 마지막으로 방독면을 쓰고 나갔다. 요즘에는 공장이 많아져서 환경 오염이 더 심해졌다. 그래서 방독면을 쓰는 게 일상이다. 외출할 때도 자동차 없이 부스터 신발로 날아가면 되어서 편리하다. 오늘은 별은커녕 달이나 태양도 보이지 않았다. 낮과 밤을 구분하기조차 어렵다. 내가 어릴 때 세상과는 많이 다른 것 같다. 아니 아예 다른 세상 같다는 생각을 했다. 오늘은 저녁으로 뭘 먹어야 하나… 치킨이 무슨 맛이었던지 기억조차 나지 않는다. 오늘도 맛없는 잡초나 먹어야 한다. 나는 오늘도 과거를 그리워한다. **(최재희)**

타임머신을 타고

갑자기 난 엘리베이터를 타던 중 이상한 곳으로 오게 되었다. 달력을 보니 오늘은 2100년 미래였다. 그때가 되어서 난 밖을 둘러보기 시작했다. 하지만 나는 밖을 보고 충격에 빠졌다. 사람은커녕, AI들로 세상은 가득했다. 그렇다. 난 갑자기 타임머신을 타고 미래에 와서 지구에 혼자 남은 인간이 되었다.

밖은 기괴했다. 정체 모를 생명체들이 떠다니고 AI들은 알아들을 수 없는 말을 주고받으며 섬뜩하게 웃음을 지어냈다. 또 길거리에는 장을 보고 오는 AI, 어린 AI의 손을 잡고 가는 엄마 AI, 모두 꼭 자신이 인간이라 생각하며 움직이는 것 같았다. 나는 용기 내어 밖으로 나가 보려 한다.

나는 용기 내어 한 발짝 움직였다. "윽!" 세상은 뿌옇고 아까 봤던 생물체들이 떠다녔다. 나는 나가면 죽을지도 모른다는 생각에 다시 집 안으로 들어왔다. 정말 오만가지 생각이 들었다. 이게 내가 살던 지구가 맞나? AI가 아니라 다른 행성의 외계인인가? 하지만 아니다. 여기는 내가 살던 지구가 맞았다.

우리가 살았던 지구는 푸릇푸릇하고 공기는 맑으며 인간이 살아가던 곳이다. 하지만 우리 인간은 지구의 푸릇푸릇함을 스스로 없애 버렸다.

나는 쓸 대로 쓰며, 물은 한정 없이 틀어 놓고, 그렇게 우리 지구는 갈색 행성이 되었고, AI 기술은 발달이 너무해도 너무 할 만큼 발달해 AI가 지배해 버렸다. 인간의 욕심으로 지구는 완전히 파괴되었다. **(이은채)**

나의 꿈

나의 꿈은 초등교사이다. 이 꿈을 갖게 된 건 올해 6학년 선생님을 만나면서이다. 선생님께 배우면서 나도 학생들을 가르치고 싶다는 생각이 들었다. 만약 정말 선생님이 된다면 학생들에게 친근한 선생님이 되고 싶다. 그리고 최대한 화는 안 낼 것이다. 아이들은 감정조절이 어려울 수 있으니 나 때문에 자존감이 낮아지지 않았으면 좋겠다. **(최재희)**

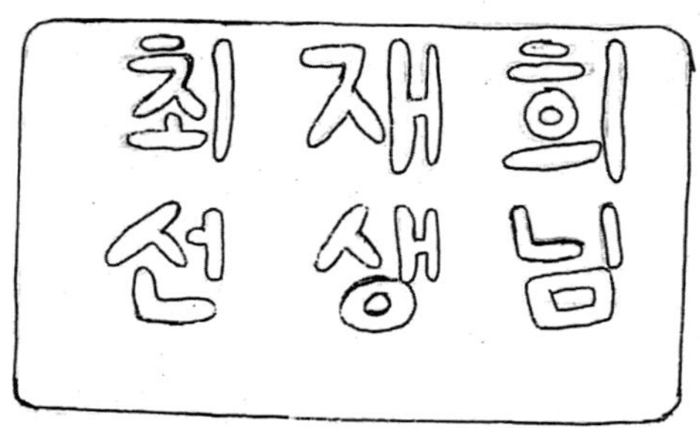

사랑니

내가 사랑하는 사람이 있는 것 같다

그래서 내가 사랑니가 있겠지

내가 사랑하는 사람도

사랑니가 있길 **(양승빈)**

30년 뒤 졸업 사진을 본다면?

딸내미가 집을 사 줘서 이삿짐을 싸고 있는데 두껍고 갈색인 책이 보였다. 안경을 써서 글자를 보니 연일형산초등학교 밑에 "졸업을 축하합니다"라는 문구가 써 있었다. 짐을 얼른 싸야 하긴 하지만 이 정도는 괜찮겠지? 스르륵 펼쳐 보니 선생님들 사진 밑에 아이들이 있었다. 오랜만에 사진으로라도 보니 좀 반가움과 함께 흑역사가 생각났다. 흑역사는 집어 놓고 내 사진만 보니 확실히 밝고 그때로 돌아가고 싶었다. 친구들은 잘 살고 있나 생각이 들고 은하가 제일 그리웠다. 보고 있다가 딸에게 문자가 와 있어서 정신을 차리고 답을 했다. 짐정리를 하면서 다들 잘 살고 있길 바라 본다. **(이연진)**

　　오늘은 초등학교를 졸업한 지 30주년이 되어 졸업 사진을 꺼내 보았다. 졸업 사진을 보니 어제 TV에서 본 친구들이 내 졸업 사진에 있다니 계속 생각해도 신기했다. 그렇게 자주 보던 친구들을 어른 되고 보려니 너무 떨렸다. 저녁에 초등학교 동기 몇 명과 모여 술자리를 가졌는데, 너무 반가웠다. 초등학교 때 선생님 몰래 춤추기, 화단에서 물쇼하기 등 몰래 하던 짓을 이야기했는데 너무 재미있었다. 그리고 각자 집으로 갔다. 근데 다시 볼 날이 언제쯤일까… **(손민영)**

졸업

인생의 졸업은 없다

초등학교 중학교 고등학교 등을

졸업해도

삶에 졸업은 없다

진정한 졸업은

나 자신을

이해하고 깨닫는 것이다 **(장현우)**

아빠의 6학년

아빠의 6학년은 지금으로부터 꽤 먼 시간인 1988년이었단다. 대한민국이 '손에 손잡고'를 외치며 올림픽의 열기로 뜨거웠던 바로 그해였지. 당시 아빠가 다니던 포항신흥'국민'학교 교실 뒤편은 온통 올림픽 신문 스크랩 숙제로 도배가 되어 있었단다. 세계 4위라는 기적 같은 성적에 어깨가 으쓱해지던 시절이었지.

그 시절 학교 주변은 지금과는 사뭇 달랐어. 논밭이 개발되어 학교도 늘 공사 중이었단다. 6학년 내내 흙더미가 쌓인 운동장에서 뛰어놀아야 했지만, 졸업 직전 완공된 새 건물에서 수업을 듣는 '특권'을 누리며 으스대던 기억이 나는구나.

아빠의 등굣길은 매일매일이 작은 모험이자 30분이 넘는 대장정이었단다. 집이 있던 뱃머리 마을 앞엔 끝없는 논밭이 펼쳐져 있었고, 학교가 있는 시내로 가기 위해선 마을과 도시의 경계선 같았던 철길 하나를 건너야 했지. 철길 너머 학교 주변은 나지막한 아파트와 단독주택들이 옹기종기 모여 조금씩 도시의 모양을 갖춰 가던 풍경이었어.

그 당시 아빠는 "머리가 좋아서 마음만 먹으면 언제든 1등은 문제 없다"라는 근거 없는 자신감으로 무장한, 꽤나 얄밉지만 미워할 수 없는 캐릭터였어. 학교면 학교, 동네면 동네, 그 어디서든 노는 데 있어서만큼은 타의 추종을 불허하는 주도적인 아이였지. 중학생이 되면 더 이상 놀지 못할 거라는 불안감(?) 탓이었는지, 공부보다는 어떻게 하면 더 기발하게 놀까를 연구하며 6학년의 하루하루를 정말 치열하게 보냈단다.

그때 엉뚱한 장난을 치며 번뜩이던 그 창의적인 생각과 비상한 잔머리는 어른이 된 지금 아빠의 모습 속에도 여전히 살아 있는 것 같구나.

그런데 그때 남들과 다르게 생각하며 키웠던 그 '창의적인 잔머리'는, 어른이 된 지금 아빠가 삶을 지혜롭고 재미있게 풀어 가는 아주 유익한 밑거름이 되었단다.

세월이 흘러 우리 딸 은채도 아빠처럼 꽤 먼 거리에서 학교를 다니고 있구나. 흙먼지 길을 30분씩 걸어 다녔던 아빠와 달리, 매일 아빠 차로 편안하게 등교한다는 점만 다를 뿐. 비록 등교하는 풍경은 다르지만, 학교로 향하는 그 길 위에서 느끼는 졸업반의 설렘만큼은 아빠의 1988년과 너의 오늘이 꼭 닮아 있지 않을까?

매일 아침 차 문을 열고 학교로 향하는 너의 뒷모습을 보며 아빠는 생각한단다. 걷는 길은 달라도, 네가 걸어갈 미래는 1988년의 아빠가 꿈꾸던 세상보다 훨씬 더 넓고 빛나기를.

졸업을 앞둔 6학년 친구들, 그리고 사랑하는 딸 은채야. 마음껏 꿈꾸고, 가끔은 아빠처럼 엉뚱한 창의력도 발휘하며 멋지게 중학생이 되렴. 졸업 진심으로 축하한다. **(이은채 아버지 이경진)**

엄마의 6학년

　어느덧 졸업을 앞둔 너를 보며 엄마의 6학년 시절을 떠올려 봤어. 그 시절 엄마는 하모니카 부는 것을 좋아하고 독서를 좋아하던 나름 문학 소녀였어. 5학년 2학기에 전학을 갔던 터라 새 학교에 적응하느라 바쁘고 어색했었는데 하모니카는 친구들과 친해지는 계기가 되는 소중한 물건이었지.

　소풍날 장기자랑으로 불렀던 하모니카는 엄마의 베스트 프렌드를 만나게 해 주었고 친구들에게 '에델바이스' '클레멘타인' 같은 노래를 들려주며 우정을 쌓았었지.

그런 친구들과 헤어진다는 생각에 졸업식 날 눈이 퉁퉁 붓도록 울었었는데…… 그 모습이 남아 있는 졸업식 날 사진을 보면 추억이 다시 새록새록 떠오르곤 한단다. 너희들도 지금 함께하는 친구들과의 이 시간이 얼마나 소중한지 시간이 지나면 알게 되겠지? 지금 이 순간을 소중하게 간직했으면 좋겠다. 아, 참고로 엄마도 6학년 2반이었단다. 6학년 2반 파이팅! **(최재희 어머니 장미나)**

닫는 글

　여기저기에 자라난 들풀, 말라 버린 잡초까지도 하나로 모아 아름다움이 되게 하는 건 이들을 비추고 있는 따뜻하고 찬란한 빛이겠지.

　햇빛 같은 어른이 되고 싶었다. 너희를 자기 모습 그대로 아름다워 자유로울 수 있고 자유로워 아름다울 수 있게 하는 그런 어른, 그런 선생님이 되고 싶었어.

『순간 속 영원』이라는 말을 좋아해.

언젠가 방 한구석에서 먼지와 함께 뒹굴게 되더라도 사라지지 않을 이 책처럼, 유치했고, 그래서 더욱 티 없이 맑았던 6학년이라는 순간이 너희 삶 곳곳에 깊이 스며들어 앞으로 맞이하게 될 긴 인생을 가만히 지탱해 주기를 선생님은 마음 깊이 기도해.

그리고 책에 글이 실리지 않았지만 윤서와 한나 두 친구의 6학년도 선생님 기억할게. 우리가 함께 읽었던 [연어]의 한 구절로 우리 순간의 매듭을 짓는다.

"별이 아름다운 건 어둠이 배경이 되어 주기 때문이고,

꽃이 아름다운 건 땅이 배경이 되어 주기 때문이지."

2025년, 우리는 서로가 서로의 배경이었어. 우리가 한 것은 아마, 사랑이었을 거야.

어쩌면 마지막 학급문집

초판 1쇄 발행 2026년 1월 6일

엮은이   조한나
펴낸이   이기봉
편집   좋은땅 편집팀
펴낸곳   도서출판 좋은땅
주소   서울특별시 마포구 양화로12길 26 지월드빌딩 (서교동 395-7)
전화   02)374-8616~7
팩스   02)374-8614
이메일   gworldbook@naver.com
홈페이지   www.g-world.co.kr

ISBN   979-11-388-5109-1 (03810)